D. R. R.

SOB SIGILO

COLEÇÃO MÃE LEVA OUTRA

@MAELEVAOUTRA

HECATOMBE

2024

HECATOMBE

HECATOMBE

rua do caju, 478
jardim das cerejeiras
cotia — sp
06724-015
brasil

rua dr. manuel pacheco nobre, 128,
5 esquerdo
2830-080
barreiro (setúbal)
portugal

[+351] 928053619
[+55] 11 95608 8983

www.editoraurutau.com

SUMÁRIO

40 ▬ [vamos lá]
41 ▬ [não há espaço]
42 ▬ [você vai passar a vida]
43 ▬ [as pessoas]
44 ▬ [você]
45 ▬ [a formatura]
46 ▬ [o autor]
47 ▬ [veja]
48 ▬ [o pai]
49 ▬ [… que todas]
50 ▬ [… requer]
51 ▬ [buscando]

pelo melhor interesse do menor.

gardner, o maldito, morreu tarde demais.

apresentação

sou uma mãe acusada.

e, se você é mãe, esta apresentação poderia parar por aqui.

mas explico que este livro e minha maternidade posta à prova nascem muito antes dos processos judiciais amparados numa pseudociência, a alienação parental. engravidar de um homem perverso é trilhar esse caminho. poderia ser pior, penso. melhor é que não poderia ser.

nesse momento tudo é dúvida, dor e injustiça.

só sei que me manterei mãe. e isso já é muito. reflita: me queriam apenas serva.

*

você só fala em dinheiro, tô preocupado com os valores que você passa para meu filho.

*

eu não tenho como estar em dois lugares ao mesmo tempo.
a onipresença por ora cabe a Deus apenas.

*

será aniversário da bisavó materna!

não vai. a culpa é minha por ele passar os fins de semana com o pai dele, EU?

*

no pseudolaudo da pseudopsico:

“em relação à genitora: parece que seria importante que ela se apropriasse mais do que é esperado para a faixa de desenvolvimento que seu filho se encontra, das necessidades, peculiaridades reais do filho.”

ela nunca me viu.

*

a irmandade machista sempre a postos:

entendo, querida mãe, ele é muito difícil mesmo. mas contra ele, aos tribunais, não vou.

*

venha ver a criança. você é um miserável.
me agredindo você ganha exatamente o quê?

*

custa 300 reais o remédio?

*

mãe, eu sinceramente espero que o que ocorreu hoje de manhã na presença da criança não se repita.
grato pela colaboração.

*

meu pai vai buscar a criança. eu farei o possível para estar com ele.

*

como te disse, nossa família é quebrada.

*

podemos amenizar nossa relação para que esse vínculo de pais seja mais saudável?

acredito que, se tudo se mantiver como agora, não.

*

vamos melhorar quando não houver terceiros na vida da criança.
esse é o melhor que nosso filho pode ter.

*

meu ano que vem será numa cela.
eu não tenho dinheiro e, mesmo se tivesse, não te daria um real.

*

não quero que meu filho presencie nenhuma briga nossa.

*

da idosa:

i

permaneço à disposição para colaborar para que a criança tenha em vocês uma referência de boa convivência.

ii

é preciso mais maturidade de ambos os lados.

iii

no meu entender, cortar o cabelo da criança à revelia é uma atitude tão infantil e desnecessária quanto bloquear o pai no *Whats.*

iv

o que ele sugeriu é que se procurasse uma escola mais em conta e, em último caso, a escola pública.

v

não está sendo fácil para ninguém tomar essa decisão, acredite, pois queremos o melhor para a criança, mas temos que ser realistas.

*

a boa notícia é que ele não conseguiu a liminar, mas precisamos apresentar uma resposta à altura para essa situação não se reverter na decisão do julgamento final do recurso.

*

sustenta o recorrente, em síntese, que não possui condições financeiras para realizar o pagamento dos alimentos no montante fixado, 30% (trinta por cento) dos salários líquidos do requerido.

*

não se pode ignorar que os alimentos arbitrados se destinam a criança de tenra idade, atualmente com menos de dois anos (fls. 11 dos autos originários).

*

eu sei o que fazer para proteger meu filho de uma garoa.

*

infelizmente dessa vez não será possível, estamos viajando e só retornamos no domingo à tarde.

*

primeiramente eu nunca ignoro absolutamente nada do que se refere ao meu filho, dessa forma pare de criar problemas onde eles não existem.

*

também não quero colocar na petição pro juiz o que eu faço para meu filho e quanto isso me custa financeiramente e cobrar que você, a genitora, pague a metade.

*

se está pesado para você, mande ele pra minha casa.

*

do idoso:

i

um dia a criança poderá ler toda essa troca de correspondência virtual entre aquele que se define como pai afetivo dele e o avô paterno, biológico, e poderá tirar as próprias conclusões.

ii

veja que não há aqui questionamento algum sobre o que você define como "configuração familiar" sua.

iii

caso contrário, a única solução será vocês dois gastarem o dinheiro que está cada vez mais suado com advogados para chegarem a um acordo até sobre as questões triviais, cotidianas.

iv

mas é importante dizer que ele tinha o direito legal de não assinar a documentação do passaporte da criança.

*

cobra.

*

vamos lá, mais uma vez.

eu não consigo me comprometer a uma coisa sem saber quanto custa. preciso de organização e planejamento.

*

não há espaço para mim e seu marido nessa mesma vida.

*

você vai passar a vida carregando esse sentimento dentro do seu coração.

vai pesar pra sempre, até que você acorde.

*

as pessoas se perdoam, sabia?

não no meu turno.

*

você não vai mudar. infelizmente.

*

a formatura da criança é dia 11, tal hora, tal local. só pode entrar um número limitado (pandemia). você vai?

planejei uma viagem.

formatura!

seu marido irá?

não irei então.

*

o autor vem, ao longo desses últimos anos de separação, sofrendo todo tipo de humilhação. essas humilhações se dão quanto ao caráter, à vida financeira e à maturidade do autor.

coitadinho.

*

veja o quão ardil foi a atitude da mãe, numa tentativa vil de culpar *o genitorexcelentepai* frente à impossibilidade dele de ir à formatura.

*

o pai, por seu trabalho e parca remuneração, está sofrendo com as dificuldades financeiras para estar e pernoitar com seu filho. ainda, as longas viagens de ida e volta, além de roubarem o tempo de qualidade com seu filho, ainda causam cansaços em ambos, pois o autor tem 3 (três) empregos e o menor já frequenta escola regular.

deixa que o avô pegue.

a longa viagem, uma hora e seis minutos.

*

... que todas as informações referentes ao menor só poderiam ser passadas para a mãe sob pena de qualquer e eventual ameaça vil elaborada por ela.

informações = boletos referentes à mensalidade escolar.

*

... requer que seja alterado o regime de convivência, ficando desde já determinado que o menor possa ser retirado de seu lar materno e de sua escola, ou entregue, pelo seu genitor, pelos avós paternos e por quem mais o autor autorizar...

uber?

*

buscando acolhimento em grupos

de mães acusadas como eu,

penso *sortuda*:

ao menos ele não come o cu de meu filho.

D. R. R [redacted] tentando maternar num brasil da alienação parental. [redacted]

HECATOMBE
selo da editora urutau

EDIÇÃO debora ribeiro rendelli
REVISÃO marcella sarubi
DIAGRAMAÇÃO victor h. azevedo
PROJETO GRÁFICO E CAPA wladimir vaz
COORDENAÇÃO GRÁFICA tiago fabris rendelli

Dados Internacionais de Catalogação na Publicação (CIP) de acordo com ISBD

D. R. R.
D111s Sob sigilo / D. R. R. - Cotia : Hecatombe, 2024.
56 p. ; 13cm x 16,5cm. – (Mãe leva outra)

ISBN: 978-65-6035-007-6

1. Literatura brasileira. 2. Alienação parental. 3. Violência. 4. Maternidade. 5. Mães. I. Título. II. Série.

CDD 869.8992
2024-165 CDU 821.134.3(81)

Elaborado por Odilio Hilario Moreira Junior - CRB-8/9949

Índice para catálogo sistemático:
1. Literatura brasileira 869.8992
2. Literatura brasileira 821.134.3(81)